AF234240

LE MANS — IMP. CH. BLANCHET, 6, RUE GAMBETTA — 2358

...des de M⁰ **DUBIGNON** et de M⁰ **DAVID**, commissaires-
priseurs au Mans, rue des Ursulines, n° 12.

VENTE

Aux Enchéres Publiques

AU MANS, Rue des Ursulines, n° 12

HOTEL DES VENTES

Le LUNDI 24 MARS 1902, à 1 heure et demie

DE

MEUBLES ANCIENS

ET DE

Très Belles Tapisseries Anciennes

d'AUBUSSON et des FLANDRES

De l'Époque Louis XIV

Provenant d'un Château de la Sarthe

AU COMPTANT

Et 10 % en sus de chaque Adjudication

EXPOSITION *à l'Hôtel des Ventes du Mans, 12, rue des Ursulines, le Dimanche 23 Mars 1902, de 2 heures à 5 heures.*

CATALOGUE A L'HOTEL DES VENTES

Etudes de Me **DUBIGNON** et de Me **DAVID**, commissaires-
priseurs au Mans, rue des Ursulines, n° 12.

VENTE

Aux Enchères Publiques

AU MANS, Rue des Ursulines, n° 12

HOTEL DES VENTES

Le LUNDI 24 MARS 1902, à 1 heure et demie

DE

MEUBLES ANCIENS

ET DE

Très Belles Tapisseries Anciennes

d'AUBUSSON et des FLANDRES

De l'Époque Louis XIV

Provenant d'un Château de la Sarthe

AU COMPTANT

Et 10 % en sus de chaque Adjudication

EXPOSITION *à l'Hôtel des Ventes du Mans, 12, rue des
Ursulines, le Dimanche 23 Mars 1902, de 2 heures à
5 heures.*

CATALOGUE A L'HOTEL DES VENTES

MEUBLES ET OBJETS DIVERS ANCIENS

Plats, décoratifs, fontaine et sa cuvette vieux Rouen.
Miniature Louis XVI.
Table à jeu Louis XVI avec cuivres.
Canapé Louis XIV.
Plusieurs Bergères Louis XV et Louis XVI.
Nombreux fauteuils des mêmes époques.
Quatre peintures sur bois du xve siècle.
Un tableau sur jaspe, signé André BOTHE.

Etc.

Histoire de Godefroy de Bouillon
EN CINQ PANNEAUX

Cinq panneaux de tapisseries d'Aubusson, de l'époque Louis XIV, représentant la *Prise de Jérusalem, par Godefroy de Bouillon* (1re Croisade 1096-1099).

Ces tapisseries dont les teintes sont restées très vives et dont les reproductions suivent, sont en parfait état de conservation.

Elles possèdent toutes leurs bordures avec les attributs de l'époque.

PREMIER PANNEAU

Portrait de Godefroy de Bouillon

1 mètre × 3 mètres

DEUXIÈME PANNEAU

Godefroy de Bouillon devant Jérusalem

3 mètres 70 × 3 mètres

TROISIÈME PANNEAU

Godefroy de Bouillon sous sa Tente au Camp des Croisés

2 mètres × 3 mètres

QUATRIÈME PANNEAU

Les Égyptiens font des Propositions de Paix

4 mètres 20 × 3 mètres

CINQUIÈME PANNEAU
Prise de Jérusalem
5 mètres × 3 mètres

PREMIER PANNEAU

Épisode de la Vie d'Alexandre

3 mètres × 4 mètres

DEUXIÈME PANNEAU

Épisode de la Vie d'Alexandre

3 mètres × 4 mètres

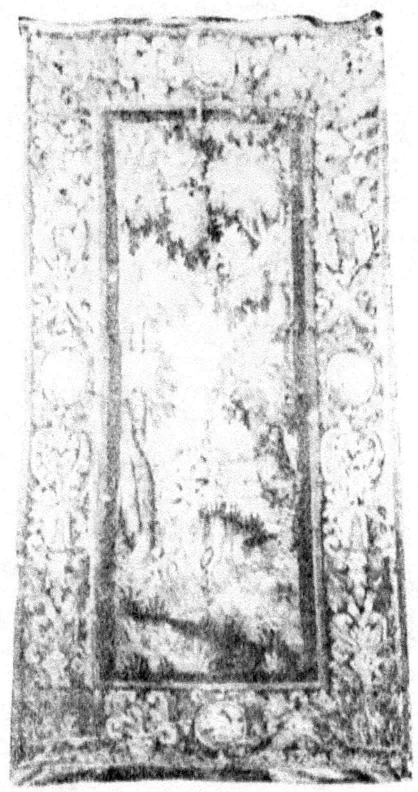

Premier Panneau de Verdure

1 mètre × 3 mètres

Deuxième Panneau de Verdure

2 mètres × 3 mètres

Troisième Panneau de Verdure

2 mètres 50 × 3 mètres

Quatrième Panneau de Verdure

3 mètres 90 × 3 mètres

Cinquième Panneau de Verdure

4 mètres 50 $\times$ 3 mètres

Sixième Panneau de Verdure

4 mètres 50 × 3 mètres

Septième Panneau de Verdure

5 mètres × 3 mètres

Le Mans. — Imp. Ch. Benderel, 6, rue Gambetta. — 23178

EA

9 autres panneaux
de
[illegible]

RED. :

18

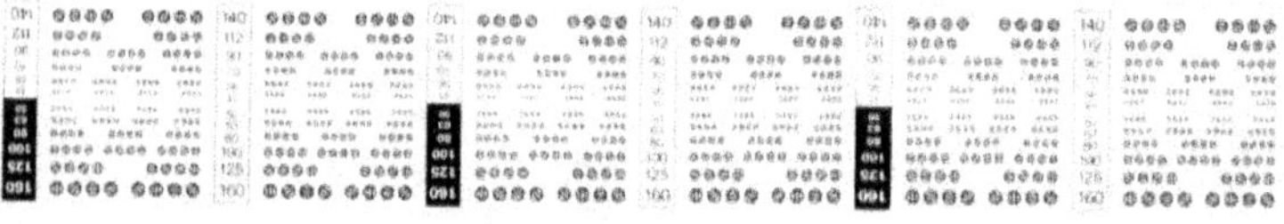

graphicom
MIRE ISO N° 1
NF Z 43-057
AFNOR
Cedex 7 - 92080 PARIS-LA DEFENSE
0 1 2 3 4 5 6 7 8 9 10